OINK

OINK

OINK

Woolly the sheep

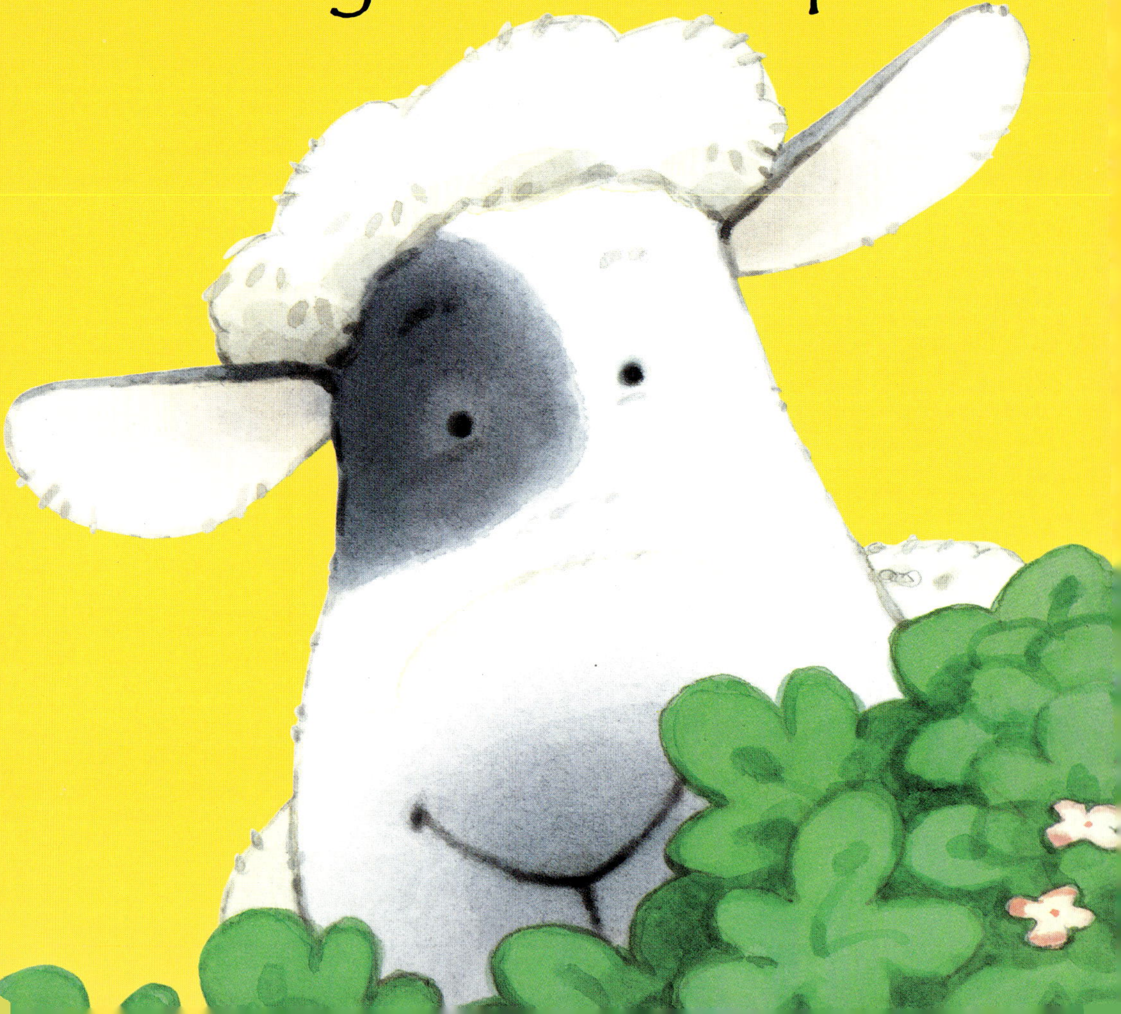

BAA

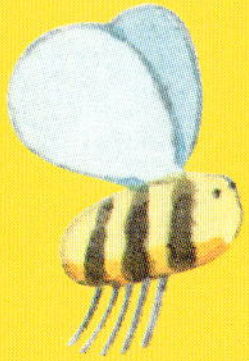

BAAA

BAAAA

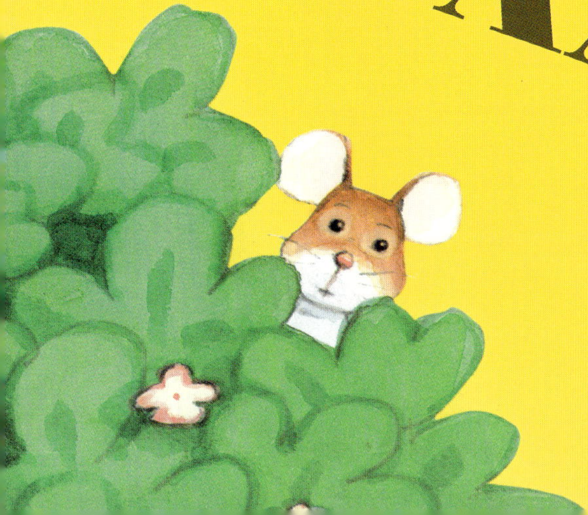

Rusty the dog

WOOF

WOOF

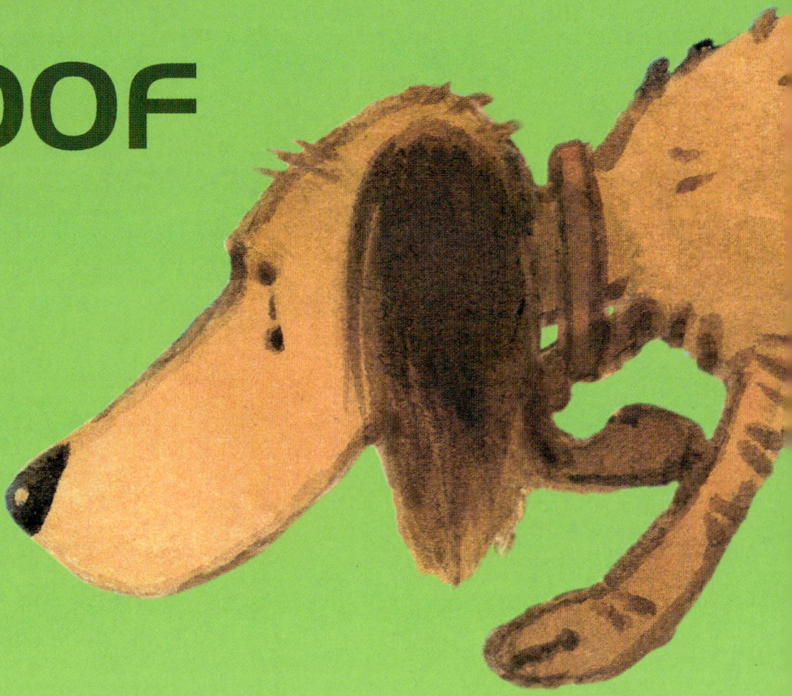

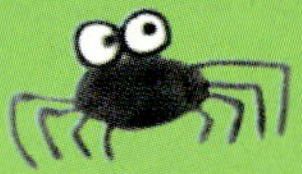

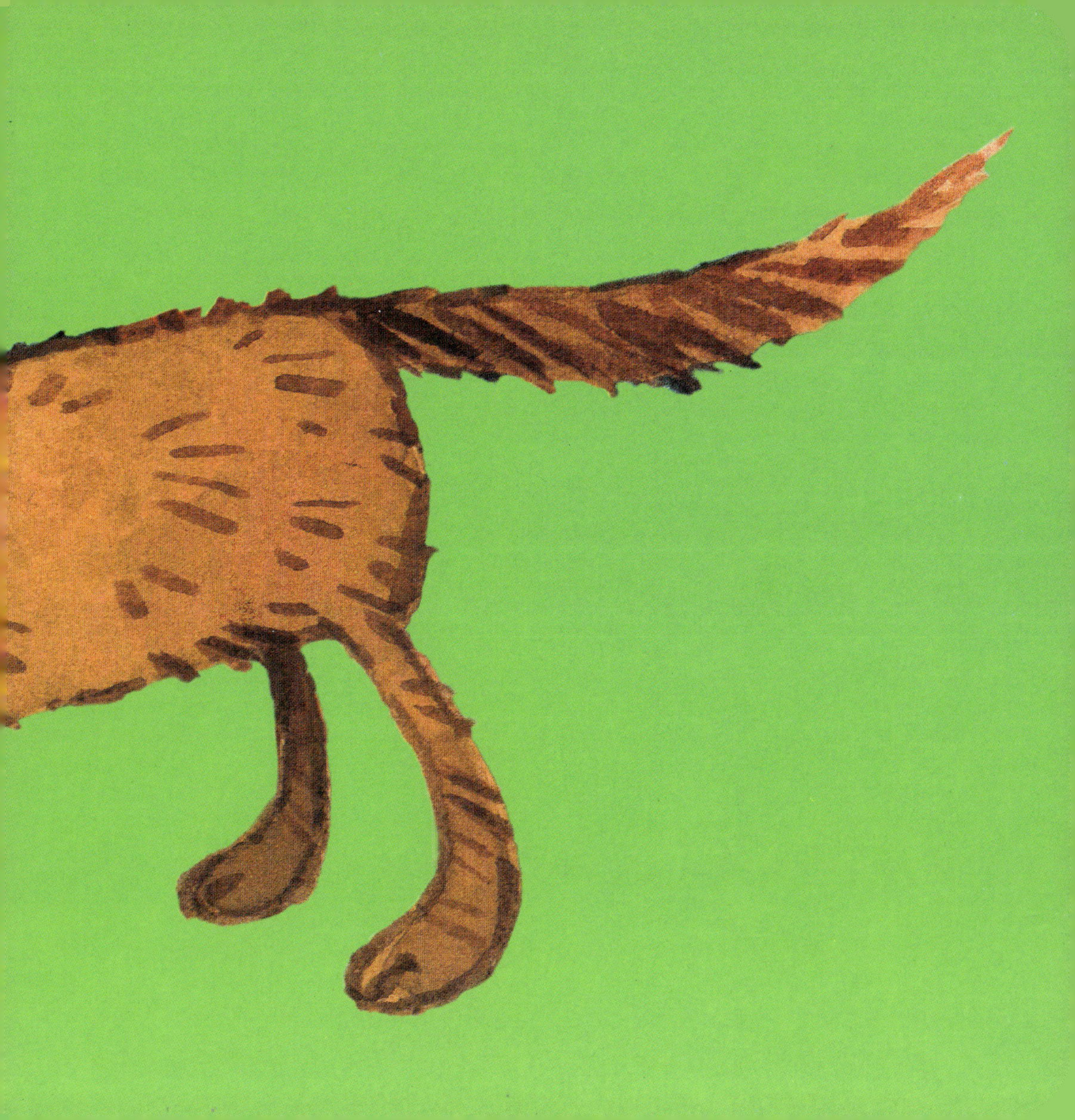

Daisy the cow

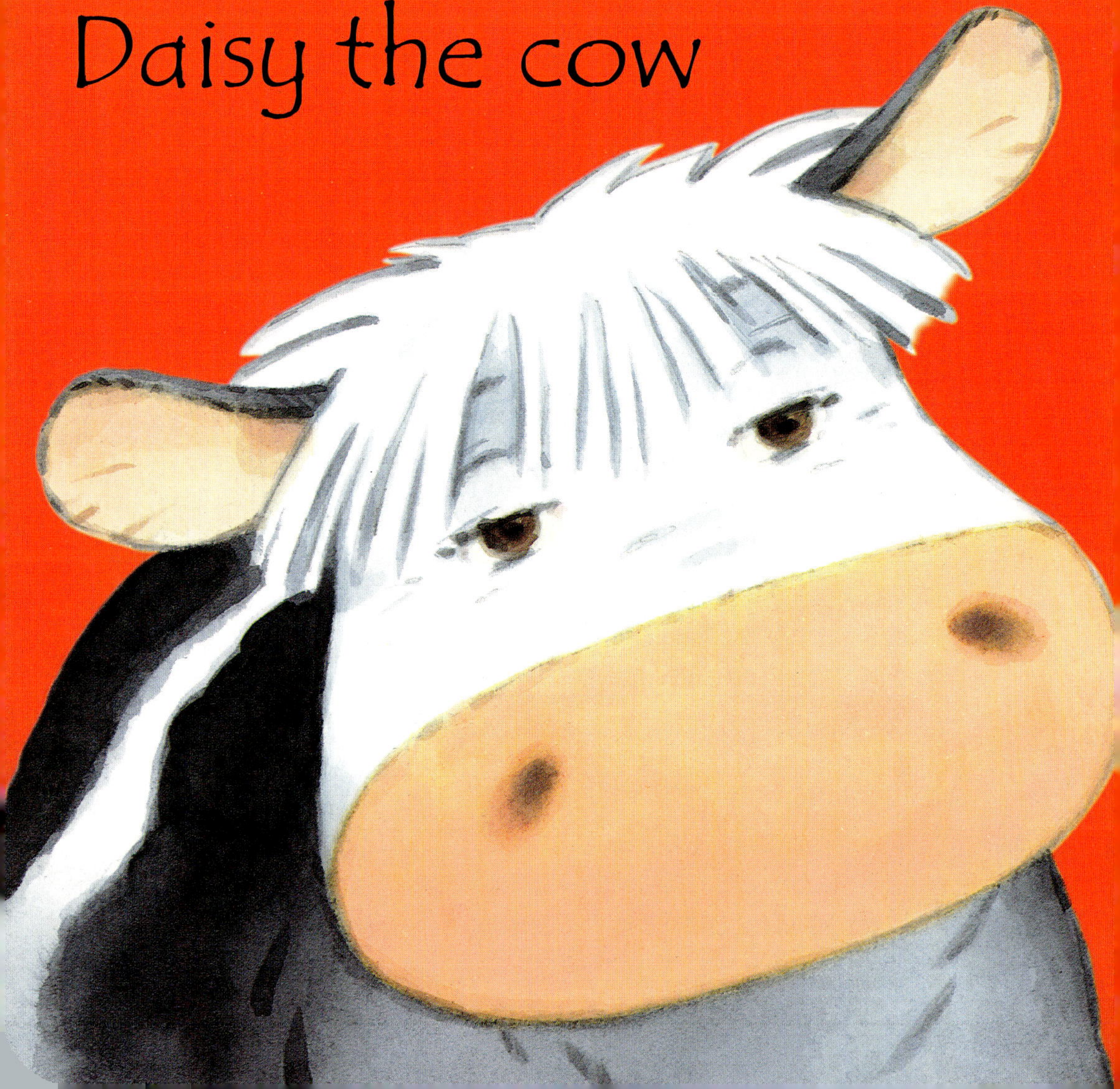

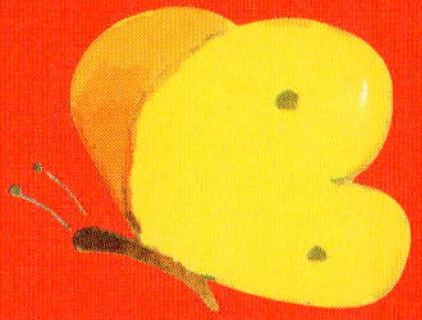

moo
moo
moo

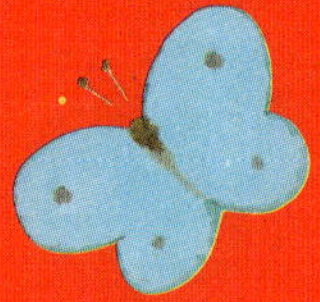

Whiskers the cat

Meow Meow

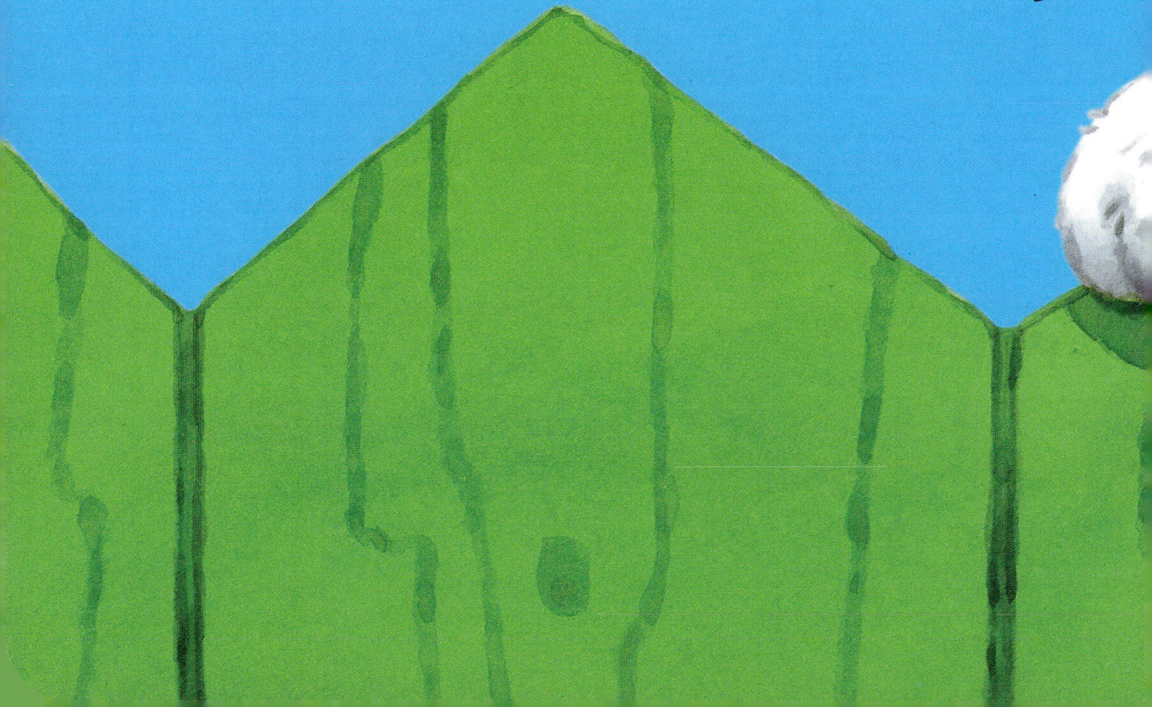